句集

桐箱

Tazuko Shibata

柴田多鶴子

角川書店

句集・桐箱

目次

装幀●髙林昭太

ベター・デイズ

装画●杉浦非水

句集

桐箱

水ゐくぼ

平成二十六年夏〜平成三十年春

再会の友の大きな夏帽子

わけへだてなく人を容れ大緑蔭

つつがなく孵り鳰の子親の背に

鳰の子の潜りて作る水ゑくぼ

ぶんぶんの集会場をかき回す

軒しづくまでも見事に緑雨なる

赤ん坊を父似母似と盆の家

絹糸の声となりたる残る虫

佇んでやれば鳴き出し残る虫

宝前によく日の当り紅葉晴

枯尾花根元に湿りありにけり

乾物をもどす勤労感謝の日

冬に入るブックカバーの裏は紅

鰊や雲に潰されさうな村

白菜を切ればあたたかさうな芯

風光る河馬のまなこが水の上

竹の秋見すごすほどの辻祠

茎立や疾うにすたれて渡し船

木の芽雨橋三つまで見えてをり

茅花揺れ揺れ夕汐のにほひかな

川風を耳がよろこぶ夏はじめ

若楓風柔らかくして返す

祖母のこと現の証拠の花咲いて

尾のあたりひらひら吹かれ蛇の衣

夏の蝶影引きずつて引き上げて

猿沢の池の采女祭

伶人のすでに控へて月を待つ

観月祭みちのくよりの来賓も
管絃船接岸のまま月を待つ

春日野の樹下に鹿ゐる良夜かな

十六夜や凭るるに良き手すりあり

かまきりのぎこちなく翅たたみけり

生き方は変へず障子を貼りにけり

二男の結婚

秋晴や幸にふくらむ旅鞄

後ろ手に雪吊の松見回りぬ

雪吊や玻璃戸うすうす曇りゐて

花束を投げて勝利のスケーター

蕪村忌の闇のなまめく京の路地

松の上に朱き日輪初暦

笛太鼓続き獅子舞休まれず

与謝蕪村像除幕式　二句

寒風に宮司の祝詞ちぎれ飛ぶ

四温晴れ蕪村銅像つやつやと

伊賀上野　四句

永き日の釣月軒に主居らず

堂守はまこと篤実あたたかし

かげろふや鍵屋の辻は町の果て

糸ざくら伊賀の組紐七色に
ぼうたんのぎりぎりに寄せ車椅子

船虫の四散集合ひもすがら
まんまるの瞳が囲む花氷

鼻をつけおでこをつけて花氷
トラックが去り片蔭を持ち去りぬ

吹き抜くる風をまづ褒め夏料理

ひとり居や蚊の姥なれば遊ばせる

ふなべりを叩き疲れ鵜急き立つる
夜の闇に女鵜匠の声透る

風鈴を吊る釘古りて父亡き家
椨の木の秋風を聞き波を聞き

聖也お宮参り

秋高し産着に跳ねて犬張子

みそはぎや荒田へ渡す板一枚

送り火のさつさと消えてしまひけり

俳人に出くはし蛇は穴に入る

小鳥来る空へさし出す埴輪の手

靴すぐに脱いでしまふ子草紅葉

きのふより山気するどし一位の実

峰越えし坂鳥になほ次の峰

姿よき松より菰を巻きはじむ

雪吊のきちんと小さき松にまで

春日若宮おん祭　四句

ことのほか晴れたる南都おん祭

飛火野に神馬待機すおん祭

お旅所に対の鼉《だ》太《だい》鼓《こ》おんまつり

お渡りの過ぎたる奈良の底冷えす

塗り椀にはんなりほどけ結び昆布

絆の字たやすく燃えて吉書揚

襖絵の子の日の遊びしてみたし

比叡より稲荷山まで雪の雲

雪の轍平均台を行くやうに

鳴門の渦潮　二句

観潮や両のまなこに力入れ

渦潮を圧す海峡の空の青

青空へ枝はねあげて初桜

海胆の棘触れてみよとて突き出せる

海胆割つて花のごとくに並べ売る

けなげとはお玉杓子の尾のことよ

青む畦踏みつけてゆく測量士

苗札を挿し楽しみの始まりぬ

小綬鶏に呼びつけらるる覚えなし

丁寧に傘の大きな春子採る

驚きの目のまま煮付け目張かな

水槽の目高増えたるこどもの日

初端午眉をへの字にむづかりぬ

棲み分けて汝は水面やあめんぼう
藻の花にあぶく水底より届く

お浄土へ一歩は万歩練供養

二上山《ふたかみ》へ響く笙の音練供養

料理屋の裏口は川蚊喰鳥

スマホなど仕舞ひたまへと鱧づくし

子どもの丈に降り来て赤とんぼ

竜胆へとどく水面の照り返し

草の絮今日の風には飛び立てず
来る人に去る人に揺れ花野かな

冬の蠅信心深き人の膝

初髪の舞妓が会釈してゆきぬ

残り福ついでに人気ランチ店

手のぬくみとり替ふるごと鷽を替ふ

春風を切つてをみなの一の矢よ

猫の子

平成三十年夏〜令和三年冬

玉解きて手旗ほどなる芭蕉かな

「鳰の子」七周年

鳰の巣の篠突く雨に流されず

お互ひの粒を傷めず葡萄熟る
衰へし日をとりこみて秋の薔薇

腰低くせよと掛け声草相撲
草相撲あんかう形はをらぬなり

石叩ひなたの石を叩きけり

師岡洋子さんの句集『水の伝言』を祝う

さはやかに祝ぎの伝言つづきけり

秋晴や幹の向かうに美術館

旧道に人のなりはひ秋簾

日のかけら庭に降りつぐ松手入

山廬　二句

もてなしや炉の炭尉となりゆくも

龍太居るごとき山廬の冬日向

日向へと行きたがる足梅探る

更けてなほ山風荒き一の午

春浅し菜の伸びきらぬ畑の畝

一本のほか行儀よきチューリップ

平成から令和へ

竹の秋御代移る日の近づきぬ

うぐひすや山はほどよき湿りにて
雨ぽつりくぬぎの芽吹揃ひけり

囀や埴輪のひとつ手を耳に

雲雀鳴くほかは音なき昼の村

上品な塗りの器や豆ごはん

菖蒲湯のにほひを移すバスタオル

萍の動きて背鰭らしきもの

黒雲の沖より来たり沖縄忌

両耳に河鹿のこゑの集まり来

炎暑来て炎暑を帰るほかはなし

新谷壯夫さんの句集『山懐』を祝う

ふところを豊かに四方の山滴る
まくなぎを払ひ失ふ詩のことば

秋興や橋に佇み磴のぼり

幼帝の等身の像身にぞしむ

秋の日のすとんと落ちて壇ノ浦
そつと踏み思ひ切り踏み煙茸

煙茸踏んで約束忘れたり

靴箱の札を捜すや忘年会

賽銭の音のしてをり煤払

冬眠のものへと三井の鐘つくか

去年今年火を焚いて闇しりぞかす

年新た山越え届く笙の笛

念入りに折り皺のばす絵双六

耳の見え顔の飛び出す野の兎

枯園に銅像の影横たはる

春潮に腕つき出して伊良湖岬

貰ひ手のなき猫の子の名を決める

百の居て百の囀ひもすがら

きさらぎの光に敏き湖の面
風なくて散り風来れば花吹雪

鳩のあと雀蹤きゆく仏生会

をさなごの背丈に置かれ甘茶杓

創刊同人北山純枝さんを悼む

ほほゑみの写真も遺品春寒し

創刊同人今枝泰一さんを悼む

安らかな旅であれかし鳥ぐもり

クローバーの四つ葉見付ける魔法の目

持ち時間たつぷりとあり蝸牛

母の忌の紫陽花はまだ色持たず
日の光とどく一点滴れる

箸墓のいづこもほてり夏の蝶

古墳より影をひきつれ揚羽蝶

北山の入道雲が御所覆ふ
青葉木菟御苑の闇はなめらかに

京の路地抜けてまた路地冷し飴

紅葉且つ散りて大きな鯉の口

鵙の贄脳が憶えてゐる痛み

楡の木は瘤を大事に冬に入る

からつぽの馬小屋に錠神の旅

三島忌の一枚落ちて大きな葉

安治川は鉄のにほひぞ冬の雲

廃屋は鉄のかたまり冬の雷

御講凪はこべが花をつけてをり

人歩き枯野は息を吹き返す

喜雨

令和四年新年〜令和六年新年

お降りに黒松の幹引き締まる
疫神の乗る余地はなし宝船

つまづけば基本を復習ふ初稽古

橙の引きずり出されどんど焼

寒紅を引きただならぬ世に向かふ

北窓をあけ肩凝りの肩回す

雁風呂や梢に掛かる星うるむ

いつになく穏しき海よ雁供養

先代の和尚の話春火鉢

亀鳴くを待ちて退屈など知らず

へその緒の桐箱三つあたたかし
囀や艇庫大きく開かれて

ひと呼吸あとは一気に剪定す
鍵かけぬ里の日常粽結ふ

俳人の寄りてしげしげ花芭蕉

するすると忍者屋敷へ蜥蜴消ゆ

森までは父が預かる捕虫網

遠く来て涼しき色のジャカランダ

玉虫のころりと擬死や一の谷

須磨生れ姥玉虫も玉虫も

「鳰の子」十周年

鳰の子の朝日が好きで巣を出づる

明日といふ近き未来よ鳰の子に

一夜にて変はる風紋月見草

水中花にも庭の風当ててやり

松本美佐子さんの句集『三楽章』を祝う

白南風や帯しろがねの新刊書

副葬の海の色なる玉涼し

解夏の僧翅あるやうにすれ違ふ

夕闇や古墳は大き虫の籠

水の秋御陵は人を遠ざけて
舟でしか行けぬみささぎ草の花

手ぬぐひのへなへなとあり夜なべ終ふ

遠目には碁石のやうな鴨の陣

角砂糖ゆっくり溶けて雪しんしん

年の市一角すべて琵琶湖産

自販機の明かりぽつんと山眠る

前同人会長中村金雄さんを悼む

遺されし句を選びゐて悴めり

生きものは水へ集まり冬ざるる

地下鉄を出て料峭の乾門

見おぼえの人がベンチに梅二月

松の木にもたれ松見る日永かな

松の木に梯子掛けあり夕永し

御所なれや摘む人もなく野蒜長け

海苔船の波を平らに接岸す

丸洗ひされ海苔船のまた出航

吉野山　五句

うぐひすの声せりあがる吉野建

ひんがしにくれなゐ差して囀れり

花冷の人影のなき行在所

やはらかき仲居のことば花月夜

朝ざくら黒髪きゆつと束ねたる
バス停の粗末なる屋根つばくらめ

夕つばめ畑の人をまた掠め
不規則に並ぶ飛石めかり時

行く春やゆつくりたどるのぼり坂

まむし草招くあたりは行くまいぞ

足元に水の湧き出す九輪草

どの人も順路に素直花菖蒲

紫の花の屑踏む業平忌

今年竹少年すでに青年に

父の日の考の座夕日差すばかり

夏燕働きすぎし妣のこと

蚊を払ひ蚊を打つばかり無聊の手

三年ぶりの同人会

喜雨きたる田にも畑にもわれらにも

袋角しきりに首を振つてをり

涼み舟月を崩して進みけり

今日のこと明日に回さず日日草

横顔の子規にも似たり思草

待宵やちぎりこんにゃく甘辛く

無月かと気をもめさせて月出づる

待つほどもなくバスの来る良夜かな

内陣の闇と向き合ふ秋思かな

騎馬隊の葦毛栗毛の馬肥ゆる

爽やかに鼻筋白き駿馬かな

初鴨の宝ヶ池へまつすぐに

多羅葉の実のびつしりと冬に入る

神馬食む上賀茂産の人参を

茎漬や土間に重石の丸四角

荒縄でゆはへる重石酢茎漬く

遠浅の三浦海岸大根干す

干大根すぐに曇つてくる浜辺

海鳴りを幾夜聞きしや掛大根

日に乾き星に湿りて掛大根

どの竿も日のゆき渡り大根干す

しろすなに波畳みくる冬日和

松迎赤きそよごの一枝も

背をそらすだけの体操年詰まる

金曜句会三百五十回

人の輪と和を宝とす福寿草

柊挿すつねは使はぬ裏口に
引き潮を引き戻さむと汐まねき

啓蟄や太陽の塔前のめり

風車回り頬にも風少し

落椿花の要に力あり

広島

惜しみなく花を散らすや祈りの地

被爆地の黒き母子像かぎろへる

麦青む伊吹は少し雲被き

村人の一人が過ぎて蝶の昼

春陰や崖をそびらの久女墓

小賀玉の散る根元まで箒の目

窓際の席みな静か花の雨

筍に仕へるごとくゆがきけり

遠ながめして葉の艶の朴の花

緑蔭のとぎれ光の芝生かな

木村君代さんの句集『笹百合』を祝う

笹百合はふるさとの花たをやかに

簡単な包装父の日のギフト

じわじわと端より汚れ大雪渓

老鶯の声が励ます山の道

京都にて「鳰の子」懇親会

東より西より句友薔薇の風

鳰の子の浮くたび知恵のついてをり

取りこんですぐに着るシャツ夏旺ん

涼しくてけふの仕事は終はりとす

あめんぼう平らな世界しか知らず

玉虫は唐天竺の彩であり

受け答へわざとぞんざい帰省の子

きのふよりもつと傾ぎて茄子の馬

抑留の話ぽつりと生身魂

並べ置くのみに白桃傷みたる

笛を吹くやうに鳴く鳥涼新た

檜紀代先生ご逝去

天上へ秋薔薇の百届けたし

秋蝶の影を落さぬ高さまで

さるのこしかけ月夜には子猿来て
湯のほてり冷ます良夜の青世界

畳屋の切り屑にほふちちろ虫

川蜷の棲むのみの水蓼の花

止め椀のやや熱めなりつくつくし

地味なるは地味なる主張吾亦紅

先頭の姿ふと消え茸狩
けらつつき次の幹にも試し突き

ネクタイをしたる小鳥の来てをりぬ

菩提子の降るや大師の母の寺

ふるさとの空ひろびろと木守柿

風強き夕べは熱き干菜風呂

水神の塚のひつそり水涸れて

石庭の石のあはひの淑気かな

津の国の川ゆつたりと初景色

鴇色の風呂敷包み年始客

岩崎可代子さんの句集『絢手毬』を祝う

てまり唄姉が歌へば妹も

枯色の中のみどりや若菜摘む

仮名書きの木札添へあり若菜籠

笑顔よき人と合はす歩竜の玉

句集　桐箱　畢

あとがき

この句集は『苗札』『恵方』『花種』につづく第四句集です。第三句集からの十年間の句を納めました。

今年は「鳰の子」を創刊してから丸十三年となります。「鳰の子」に集まった多くの会員の皆様に支えられ、順調に発展してきたことを喜び、皆様には有難う、これからもよろしくと伝えたいです。

そして多くの先生方先輩方のお力添えで今があることを実感しております。

四十歳で俳句をはじめ、目の前のことを夢中でこなし、前しか見ないようにしてきた三十数年ですが、近頃は来し方をふりかえる年齢になったのだとしみじみ思います。今後は俳句を通して少しでも皆様のお役に立てれば幸いと思っております。長寿社会では俳句の果たす役割は大きいです。

ここでお断りしておかないといけないのは、第三句集『花種』には未収録の句を平成三十年刊行の『季題別柴田多鶴子句集』の中に収めていましたが、それらのいくつかはこの『桐箱』に入集していることです。

村上鞆彦先生にはご多忙のなか、お心を寄せての帯文を頂きました。まことに有難うございます。

本句集の刊行に際しまして、角川「俳句」編集長の石川一郎様にご助言を頂き、お世話になり厚く御礼申し上げます。また編集担当の古田紀子様にもお世話になりました。有難うございました。

令和六年　桜咲く四月に

柴田多鶴子

著者略歴

柴田多鶴子（しばたたづこ）

昭和22年　三重県生まれ
昭和63年　「狩」入会　鷹羽狩行に師事（平成10年まで）
平成 2年　「遠矢」創刊　入会　檜紀代に師事（平成26年まで）
平成23年　俳誌「鳰の子」創刊主宰

平成 8年　幸矢賞（遠矢の同人賞）受賞
平成16年　第2句集『恵方』にて第1回文學の森賞準大賞受賞

著書　句集『苗札』『恵方』『花種』『季題別柴田多鶴子句集』
　　　句文集『小筥携え』『続小筥携え』

「鳰の子」主宰
公益社団法人俳人協会評議員
大阪俳人クラブ常任理事
高槻市俳句連盟顧問　選者
朝日カルチャーセンター俳句教室講師・神戸新聞文化センター三宮KCC俳句講師
サンケイリビングカルチャー倶楽部俳句講師など

〒569-1029　大阪府高槻市安岡寺町5-43-3

句集　桐箱　きりばこ

初版発行　2024年6月14日

著　者　柴田多鶴子
発行者　石川一郎
発　行　公益財団法人　角川文化振興財団
〒359-0023　埼玉県所沢市東所沢和田3-31-3
ところざわサクラタウン　角川武蔵野ミュージアム
電話 050-1742-0634
https://www.kadokawa-zaidan.or.jp/
発　売　株式会社　KADOKAWA
〒102-8177　東京都千代田区富士見2-13-3
電話 0570-002-301（ナビダイヤル）
https://www.kadokawa.co.jp/
印刷製本　中央精版印刷株式会社
 ISBN978-4-04-884594-6　C0092

角川俳句叢書　日本の俳人100

青柳志解樹
朝妻　力
有馬　朗人
安西　篤
伊丹三樹彦
伊藤　敬子
伊東　肇
井上　弘美
猪俣千代子
茨木　和生
今井千鶴子
今瀬　剛一
岩岡　中正
尾池　和夫
大石　悦子
大串　章
大牧　広
大峯あきら
大山　雅由
小笠原和男
小川　晴子
荻原都美子
奥名　春江
小倉　英男
落合　水尾
小原　啄葉
恩田侑布子
甲斐　遊糸
加古　宗也
柏原　眠雨
加藤　憲曠
加藤　耕子
金箱戈止夫
神尾久美子
九鬼あきゑ
小島　健
阪本　謙二
佐藤　麻績
塩野谷　仁
しなだしん
柴田佐知子
柴田多鶴子
小路　紫峡
鈴木　貞雄
鈴木しげを

千田 一路
高橋 将夫
田島 和生
辻 恵美子
坪内 稔典
出口 善子
寺井 谷子
名村早智子
鳴戸 奈菜
名和未知男
西村 和子
根岸 善雄
能村 研三
橋本 榮治
橋本美代子

藤木 倶子
藤本安騎生
藤本美和子
布施伊夜子
文挾夫佐恵
古田 紀一
星野 恒彦
星野麥丘人
松尾 隆信
松村 昌弘
黛 執
岬 雪夫
三村 純也
宮田 正和
武藤 紀子

村上喜代子
本宮 哲郎
森田純一郎
森田 峠
山尾 玉藻
山崎 聰
山崎ひさを
山田 貴世
山西 雅子
山本比呂也
山本 洋子
依田 明倫
若井 新一
渡辺 純枝
ほか

（五十音順・太字は既刊）